THiLO

Fußballgeschichten

Illustriert von Eva Czerwenka

Der Umwelt zuliebe ist dieses Buch auf chlorfrei gebleichtem Papier gedruckt.

ISBN 3-7855-4913-X – 2. Auflage 2004

Umschlagillustration: Eva Czerwenka
Reihenlogo: Angelika Stubner
Gesamtherstellung: L.E.G.O. S.P.A., Vicenza
Printed in Italy

www.loewe-verlag.de

Inhalt

Der Ehrenplatz

Lina ist mit ihrem Papa
im Fußballstadion.
Heute ist das große Endspiel.

Gleich geht es los!
Vor lauter Aufregung
knurrt Linas Magen.

„Ich muss unsere Plätze freihalten“, sagt Papa. „Kannst du dir selber eine Wurst holen?“

„Klar“, antwortet Lina. Sie prägt sich ihre Platznummer gut ein.

Dann steigt Lina
die vielen Stufen
der Tribüne hinab.

Plötzlich steht sie
in einem engen Gang.

Auf dem Weg zum Wurststand
muss sie einmal
falsch abgebogen sein.

Ein Mann mit kurzer Hose
und großen Handschuhen
spricht sie an:
„Wo kommst du denn her?“

„Block C, Reihe 61, Platz 117“,
stammelt Lina auswendig.

„Da siehst du ja gar nichts“,
meint er. „Hast du Lust
auf einen Ehrenplatz?“

Bevor Lina antworten kann,
kommen viele andere Männer
in kurzen Hosen.

Jetzt kapiert sie endlich:
Das sind die Spieler!

Und der Mann
mit den Handschuhen?
Na klar! Der Torwart!
Den kennt sie doch
aus der Zeitung!

Der Torwart nimmt Lina
an die Hand, und zusammen
traben sie aufs Spielfeld.

Die Fans toben vor Begeisterung.
Und Papa?
Dem fällt vor Überraschung
die Limo aus der Hand!

Der Torwart führt Lina
zur Trainerbank.
„Von hier aus
kannst du besser sehen.“

Lina drückt ihrer Mannschaft
ganz fest die Daumen.

Und es hilft!
Nach dem Abpfiff
darf sie sogar kurz
den Pokal halten.

„Weil du mein Glücksbringer warst“,
sagt der Torwart lachend.

Fair geht vor

Jakobs Trainer schimpft.
Nur noch zwei Minuten,
und es steht immer noch 1:1.

„Wenn ihr nicht gewinnt,
steigen wir ab!“,
ruft er seinen Jungs zu.

Im Mittelfeld schnappt sich Jakob
beherzt den Ball.

Er umdribbelt drei Gegner,
und schon ist er im Strafraum.
Jetzt müsste er schießen.

Doch da bleibt Jakob
mit der Schuhspitze
im Gras hängen und fällt hin.

Ein Pfiff!
Der Schiri zeigt
auf den Elfmeterpunkt.

Jakobs Trainer jubelt.
Aber Jakob ist doch bloß gefallen!
Nein, so geht das nicht.

Jakob klärt den Fall
beim Schiedsrichter auf.
Der nimmt den Elfer zurück.

Jakobs Trainer
ist außer sich vor Wut.
„Wegen dir steigen wir ab,
du Weichei!“, schimpft er.

In der letzten Minute ist wohl
kein Tor mehr zu schaffen. Oder?

Außerdem stürmen jetzt
wieder die anderen.

Doch Jakob ist sauer
auf seinen Trainer.
Mit letzter Kraft
holt er sich den Ball zurück.

Schnell läuft Jakob
auf den Kasten zu
und schießt mit voller Wucht
ins linke obere Eck!

Der Torwart schaut
diesem Raketenschuss
nur staunend hinterher.

Abpfiff!
Alle Mitspieler laufen zu Jakob
und heben ihn jubelnd
auf ihre Schultern.

2:1 Endstand!
Sie steigen nicht ab!

Dann kommt auch Jakobs Trainer.
„Na, wie habe ich das gemacht?“,
fragt Jakob stolz.

„Jedenfalls nicht wie ein Weichei“,
meint der Trainer lachend.
„Fair geht eben doch vor.“

Christian steht neben der Wiese
und schaut den Großen
beim Kicken zu.

Wie die spielen,
das kann er auch!
Sie müssten ihn nur sehen!

Als einer von ihnen
nach Hause muss,
wollen die Jungs aufhören.

Auf diese Chance
hat Christian nur gewartet.
Mutig sprintet er
auf den Platz.

Doch Johannes bestimmt:
„Der Kurze darf nur mitspielen,
wenn er immer den Ball wiederholt.“

Christian überlegt kurz,
dann ist er einverstanden.
Für Fußball würde er alles tun!

Er kommt in das Team,
das gegen Johannes spielt.

Johannes ist zwar
zwei Köpfe größer,
aber Christian ist schneller.

Dreimal nimmt Christian
dem großen Angeber den Ball ab
und flankt zu seinen Mitspielern.

Beim vierten Mal
wird Johannes sauer.

Er nimmt sich den Ball
und schießt ihn extra
in die Dornenhecke.

„Kurzer, wiederholen!“,
ruft er grinsend.

Die anderen schauen grimmig,
aber keiner sagt etwas.

Christian lässt sich
seinen Ärger nicht anmerken.
Er wühlt sich in die Hecke.
Doch was ist das?

Dort hängt ein Geldschein
in den Dornen!

Mit dem Schein in der Hand
kommt er auf das Spielfeld zurück.
Das bedeutet: Eis für alle!
Die großen Jungs jubeln.

Siegessicher ruft Christian:
„Der Lange darf nur mitkommen,
wenn ab heute jeder mal
den Ball wiederholt!“

Johannes überlegt kurz,
dann ist er einverstanden.
Für Eis würde er alles tun!

Das Wundermittel

Wieder schwirrt ein Ball ins Tor.
Der dritte schon.
Mürrisch holt ihn Alica aus dem Netz.

Ihre Mitspieler schimpfen.
Heute gelingt ihr
aber auch gar nichts!
Nur weil der blöde Lasse zuschaut.

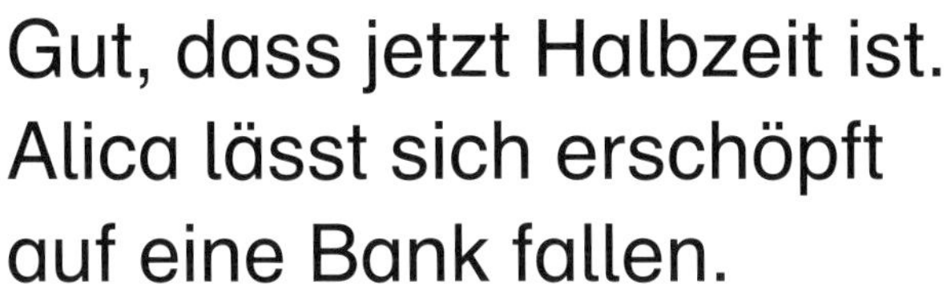

Gut, dass jetzt Halbzeit ist.
Alica lässt sich erschöpft
auf eine Bank fallen.

Da kommt Lasse näher.
Seine dummen Sprüche
haben ihr gerade noch gefehlt!

Aber diesmal sagt Lasse nichts.
Er drückt Alica nur
eine Flasche in die Hand.

„Hier, trink!“, murmelt er.
„Das ist ein Wundermittel,
damit hältst du alles!“

Dankbar nimmt Alica die Flasche
und trinkt, ohne sie anzuschauen.

Auf einmal fühlt sie sich richtig stark.
Das Wundermittel wirkt!
In der zweiten Halbzeit
klappt einfach alles.

Alica fliegt nur so
durch den Strafraum.
Die härtesten Schüsse
lenkt sie über die Latte.

Doch dann pfeift der Schiri
einen Elfmeter
für die andere Mannschaft.

Alica ist furchtbar aufgeregt.
„Denk an das Wundermittel!“,
ruft Lasse über den Platz.

Und Alica hält!
Die Zuschauer klatschen begeistert.
Dann ist das Spiel vorbei.

Alica will sich
bei Lasse bedanken,
doch der ist schon weg.

Nur die leere Flasche
vom Wundermittel
steht noch auf der Bank.

Alica hebt sie hoch
und traut ihren Augen nicht.

Auf dem Etikett steht
in großen Buchstaben:
„Apfelsaft“.

Die ersten 20 Lebensjahre verbrachte *THiLO* in der Kinderecke der elterlichen Buchhandlung. Anschließend schaute er sich in Afrika, Asien und Mittelamerika um, bevor er mit Freunden als Kabarett-Trio „Die Motzbrocken" erfolgreich durch die Lande zog (Grazer Kleinkunstpreis / Hessischer Satirepreis). Heute lebt THiLO mit seiner Frau und drei Kindern in Mainz und schreibt Geschichten und Drehbücher für u.a. *Siebenstein, Die Sesamstraße, Schloss Einstein* und *Bibi Blocksberg*.

Mehr über THiLO und seine Geschichten erfahrt ihr im Internet unter *www.thilos-gute-seite.de.*

Eva Czerwenka wurde 1965 in Straubing geboren. Nach dem Abitur studierte sie an der Münchener Kunstakademie Bildhauerei. Bereits während dieser Zeit entstanden ihre ersten Kinderbuch-Illustrationen. Doch die Liebe zum Modellieren hat sie nicht verloren. Denn wenn sie mal gerade nicht vor dem Zeichentisch sitzt, formt sie am liebsten Tiere aus Ton.

Erster Leseerfolg mit dem

Kleine Bildergeschichten zum ersten Lesen